사람은 모두 울고 난 얼굴

사람은 모두 울고 난 얼굴

이상협 시집

민음의 시 247

민음사

우리는 진동한다
사이엔 두루 있으리

2018년 4월
이상협

차 례

1부 나는 조금만 잘 지냅니다

3부 눈 뜬 사람은 감았던 생각으로

1부
나는
조금만 잘 지냅니다

백자의 숲

불탄 목적지는 이해하기 쉽고 나는
도착하는 길이 계절마다 다릅니다

구운 흙은 울기 좋습니다
깨어질 듯 그러했습니다

밖에 누구 있나요
안에 누구 없습니다
나는 나의 작은 균열을 찾는 중입니다

금 간 서쪽 무늬를 엽니다
나는 획의 기울기를 읽는 데 온밤을 씁니다

중심은 맺혔다 사라집니다
나는 안팎이 없습니다

검은 모자 떼가 날아갑니다
불쏘시개로 흰 뼈를 깨뜨리고
경계에서 나는 태어납니다

은행나무 헬리콥터

헬리콥터가 온다
눈을 감으면
들리는 중심이

흔드는 것
흔들리는 것

창문이 생긴다

공기가 바람이 되는 시간엔
구석 그늘에도
빨래가 마르고

높은 곳을 바라보고 있었다
같은 것을 바라보고 있었다

보고 싶은 색은 노래지는 노랑

같은 것을 바라고 있었다

서로를 가누고 있었다

우는 창문에 우리가 비추지 않을 때까지
흔드는 것보다
흔들리는 것

나무를 자른 잎 떼
한꺼번에
솟아오른다

오하이오 오키나와

추운 비행기를 타고 나는
봄에 미리 와서
흰옷을 입고 나이를 세다

손톱을 주웠네 반짝이는 바닷가 끝에서 끝으로
비행기가 날고 오 분에 한 번쯤 귀를 만졌네

서울은 눈이 많고 추위가 길고
기후가 나를 출발하게 하는데

아무도 모르고 벚꽃까진
멀다 하는데 나는 무수히
무수히 눈을 뜨고 여기는
봄으로 건너뛰는 길인데
기후가 나를 발견하는데

우는 사람을 보았네
우는 사람이란 무엇일까 여행지에선
길 잃은 골목이 반갑고 술집이 있네

얼음은 울음처럼 덜컥 내려앉네 잔 속에
술을 녹여 먹었네 아와모리는 차고
서울은 무섭고 서울은 추운데
휘파람을 불었네 겨울에 부르튼 입술로
이주해 온 봄에서

나는 꿈인가 보다 아와모리는 뜨겁고 꿈은 정확하고
실패한 고향이었으면, 잠이 흐르지 않는
남은 어둠 속에서 아와모리를 마셨네
손바닥과 목구멍만 남네 뜨겁게
창밖이 보일 때까지 깨어서
잠들었네 봄의 아침에
골목처럼 지나가는 나는 12월의 공기고 아직 태어날 순
없고

우는 사람이 우는 사람을 달래고 있었네
떨림이 떨림을 포개어
제자리로 힘을 돌려놓을 때

목소리를 잠그고
비행기를 돌려보내고 매일
비행기를 기다리다
아와모리는 식고
봄은 무엇일까
봄에만 있는 것이 있었네
나는 양팔로 맞바람을 끌어안고
'안녕 공기 인형' 저절로 말했네

국화 향

문장이 나를 읽었다

묵은 옷을 버리면서
나를 버렸다고 생각한 적 있다
당신 등을 안으면서
안긴다고 생각한 적 있다

나의 눈빛
밑줄 치려는
눈빛들, 심드렁히

그 문장은 나를 읽었다

그 여름 장례식장
죽은 건 그인데 내가 울 듯이
읽을 것처럼

너머

제자리로 돌아온 새는
어제의 새가 아니었다

돌아와 마주한 가족들은
처음 보는 다정한 사람들이 되었다

물웅덩이는 나를 비춘다
내가 없던 시간에도
너머의 나는 잘 있는지

그의 등에서
곤란한 진심이 그림자처럼 빠져나온다
등은 그를 더욱 그답게 마무리한다

사랑하지 않는 게 아니야
이런 말투로써 나는
온전히 사랑의 눈동자를 지니게 된다

너머의 내가 철봉을 넘을 때
말아 쥔 손바닥에서 이편의 나는 피 냄새를 맡는다

나를 덮어쓴 채

신발 끝으로 그림자를 문지르기 시작한다

화석(化石)

　백련사는 백련산을 키웠다 마당의 엄나무가 오백 살이었다 가시가 안테나처럼 덮여 있었다 잎은 아이의 손만 했다 엄나무의 손을 잡고 저녁마다 놀았다 골목에서 추방된 날로부터 가시는 나를 해치지 않았다 물속 같은 범종 소리 늘어지면 다섯 시가 파랬다

　백련산은 매바위를 길렀다 매바위는 매를 기르지 않았다 착한 박쥐가 살았다 정로환 같은 눈알로 저녁이 가장 아름다운 하늘을 날았다 한 번에 몇 가지 색을 가지고 놀던 석양 속 엄나무 잎을 생각한다 잎보다 커진 내 손을

　마당을 앉힌다 휘파람 쪽으로 바람이 들었다 감나무는 잎을 곤두세우며 나이테의 울음 불렀다 마당은 범선처럼 움직였다 코피 멈추던 날 누워 보았다 하늘에 드리웠던 무수한 두레박질 닻을 올리면 나는 마당의 기압골 따라 도는 팽이 사회과부도 속 눈먼 시베리아를 읽었다

　장독대를 뉘인다 망루처럼 높았다 난지도의 눈썹을 보았다 허물들을 모아 태웠다 저녁 준비하는 친할머니 치마

폭에서

　나는 사방연속무늬를 세며 놀았다 썩는 것과 삭는 것의
차이를 배웠다 김치를 썰면 절단면을 피어오르는 매운 노
을 조각 기억은 가끔씩 콧구멍으로부터 흘러나온다

　그루터기를 만진다 아까시나무가 베어져 마당에 환한
하늘이 생겨나던 날 비워진 원통의 공간이 내내 다른 빛
으로 흔들리는 것을 보고 자라 온 나는 죽은 나무에 쌓여
온 둥근 기록들을 지도책처럼 심드렁히 읽어 내는 일과를
쌓아 왔는데 그루터기에 의자처럼 앉아 나는 누구를 또 앉
히고 싶었을까

모른 체

나를 데려가는 자가 누구인지
모른다

대문 앞에서 망설이는
그림자를 움직여 바다 앞에 세우는 사람

세간이 적어 작은 기척에도 쩡
벽이 우는 집 헛기침 잦아질 때
부엌으로 나를 데려가 더운물을 먹이는,

나를 데리고 가는 자가
나를 데리고 사는지도
모른다

　물을 씹어 넘기며 어둠 속에서 건미역이 붙는 것을 바라
보는 할머니 누가 파래지는 검정을 지켜보게 했는지 모른
다 그 앞에 나를 데려간 자를 모른다 주무세요 늦었어요
갈라지는 소리로 모르고 싶어 아는 체한 나를 더욱 알게
한 자가 누구인지

밥 냄새의 반대편으로 가는 밤 기차에 오르는 사람 차창에 이력서를 대고 흔들리는 글씨를 적는 사람 목구멍에 들붙은 삭은 밥풀 때문에 괴롭다를 외롭다로 잘못 발음하는 사람 그걸 제 귀에 모른다로 잘못 듣는 사람

　새는 모른다 새소리만 들판을 가로지른다
　철로는 상장(喪章)처럼 검은 사다리꼴
　얼굴은 영정처럼 차창 밖에 떠 있다
　그는 모르는 집들을 바라보며 나에게 가자 한다

그믐의 필경사

액자를 숨겼다 겨우 부리코의 기울기를 벗어났다 내가
짐승에 불을 켜면 등골을 후려치던 높고 딱딱한 부리코 베
껴 쓰던 누런 성대를 오려 버렸다

뒷면이란 잠시 패배한 앞면일지 모른다 부리코는 늘 비
스듬히 말을 걸어 왔다 달빛을 보자고 달에서 내려갑니까
취한 대낮부터 도망치던 부리코 나는 뭉툭한 손가락으로
도 붙들 수 있기를 바랐다

달이 탁한 눈을 외계로 돌릴 때마다 조심조심 밤을 긁
었다 성대를 잘라도 목소리는 남았다 다섯 손가락 끝에서
달이 시든다

흰 봉투에 손톱을 부쳐 오던 부리코
먼 곳의 비린내가 좋다던 여동생
낮부터 청어 대가리를 굽던 할머니

파도를 수소문했을 때 바닥에 눌은 검은 종이 부리코
얼굴 좀 돌려 보십시오 옆구리에서 나의 머리카락이 쏟아

졌다

　새벽 바다는 싱싱한 바람도 배꼽 비린내가 났다

　태어나기 전부터 옆모습을 좇던 사내 가위를 꺼낸다 액
자 속 눌린 달이 마술처럼 검게 부어오른다

필름 감광사

나를 뒤집고 가장 어두운 부분을 밝게 담는다
어떤 표정에도 가까워지고 싶지 않다

물에 불은 손가락 사이로 갈퀴가 생겨났다
사람으로부터 멀어지기로 결정한 것이다

못 박힌 옆구리에서 구름처럼 피가 번진다
물의 체온을 받아 나는 간신히 있다

손바닥을 마주치듯
눈빛과 눈빛이 만나는 곳으로부터
얇고 이상한 화석이 생겨난다

그를 자세히 보기 위해 불을 끈다
검은 이불 한 채가 흘러간다
핀셋으로 건지지 못한 구름과
물 밑에 죽은 사람들을
나는 너의 얼굴로 막아서고 있다

밝은 곳이 가장 어두운 사람
딱 한 번 나였던 적이 있다

눈사람

같은 골목을 돌고 있다
회복할 수 없는 미래 때문에

나는 미래의 의지로 오늘을 요청하게 되었다

골목은 후회를 기르고
골목은 진동한다

앞을 보면서 점들을 연결할 수는 없다
눈송이 몇 개로 여름을 고쳐 놓을 순 없다
이동하는 좌표에서

폭설을 알게 될 것이다
오늘은 잊고 훗날은 있겠지,

있지 않은
가까운 미래에
미련은 뭉쳐진다
헛것은 헛것으로 기록한다
나는 미래의 눈으로 만들어졌다

敵들에게

피 있는 자에게만 멍은 생겨난다

소문

작은 돌일수록 더욱
주름을 만든다
파문은 번져 간다
웅덩이는 나를 들여다본다

이곳은 눈이 하나
과녁이 사수를 노린다

손바닥무늬의 물결
물결무늬 미꾸라지
깊이로
흐려지는
미꾸라지무늬 물결
자라나는 흑백 손바닥

멀리 길어진다
소문이 나를 수소문한다

앵커

마지막 뉴스가 끝나면 한쪽 귀를 접습니다
뜨거운 수증기로 얼굴을 지웁니다
세수를 하면 자꾸 엄지손가락이 귀에 걸립니다

나는 조금만 잘 지냅니다

검은 양복을 차려 입을 때만 나를 믿는 사람들은
각자의 TV 속에 손을 넣고
실을 뽑아 나누어 가집니다

불행은 정시에 시작됩니다
투명한 파문을 만듭니다
소문들이 쏟아져 내립니다

마이크는 얼굴을 편애하지 않습니다
거미는 먹이의 얼굴을 보지 않습니다

민무늬 시간

극장에서 태어나 극장에서 죽은 자의 일생은
영화일까 여의도의 일그러진 전파 속으로 새는
반 토막 질문을 물고 지났다

나는 한쪽 눈을 감고 한쪽 눈은 켜 두었다
섬은 뜬소문을 모았다 강 너머는 메아리로 떠돌았다
광장이 사라진 후 새는 새로서 내게 오지 않는다
하루에 깃털 하나 한 달에 부리 한 개
새의 조립법은 모른다 울음을 끼우고 날갯짓을 이을 뿐
새는 새에게로 멈춰 있지 않다

가을이 가파르다 버려진 어항에 물줄들 눈금을 센다
라디오엔 여러 개의 주파수가 다녀간다
아버지로부터 시간이 흘러들고 어머니로부터 문을 겪고
나에게로 멈춰 있지 않은 나는 누구일까

어떤 나라에서 새에 관한 뉴스는 금기다
해는 바람의 입김대로 밝다 어둡다 했다

동쪽 하늘은 방패연처럼 당겨진다
날짜변경선이 부푼 하늘을 가라앉히고
새 떼는 서쪽으로 떠나며 밤을 켠다

평생 눈을 감고 산 사람은 장님일까
어둠이 어두운 순서대로 몰려왔다

비대칭 행성

일조량이 동일한 윤중로는 국회 편의 벚꽃을 먼저 부른다

개나리 노랑 진달래 분홍 꽃들은 삼키지 못한 색을 얼굴로 남긴다

봄을 건너는 절름발이는 저는 발을 중심으로 다리를 전다 사고 직전

버스 기사는 핸들을 왼쪽으로 튼다 승객들은 오른쪽으로 힘을 준다

나미브 사막의 반인목(半人木)은 고사한 반쪽을 흉내 내며 죽어 간다

지구는 원래 반구였지만 불안 때문에 반이 생겼다

자는 동안 몸은 아픈 쪽으로 뼈를 맞춘다

나는 두려운 쪽을 닮아 간다

광화문

호주머니에 손을 숨기고 라이터를 켰다 추운 날에도 사람들은 각자의 책을 구하러 지하로 갔다 웅덩이에 엉킨 기름의 빛을 툭툭 신발로 풀었다

내일은 에너지를 많이 사용할 거예요 이름을 모으는 날이 계속될 거니까요 올겨울엔 비가 되는 눈이 많군요 전단지를 배 모양으로 접어 쓰고 인왕산을 바라보았다 구름은 다 기름 덩어리였으면 좋겠어요 희박한 말끝을 이어 갔지만 그가 누군지 모르겠다

빗물이 손등을 타고 주머니로 흘러내렸다 축축축 주머니에서 라이터를 켰다 호주머니가 밝아질 때마다 구름이 밀려오고 조금씩 사람 타는 냄새가 났다

다국적자

세계 각국에서 나는 태어납니다
가난한 나라의 내가 아플 때
높은 나라의 나는 숨이 찹니다

나는 활선공이 됩니다
송전탑에 올라 감전처럼 마음과 마을을 잇습니다

높이를 세우는 힘은 무엇일까요
그것을 이해하자 그것을 더더욱 설명하지 못하게 됐습니다

비를 기다립니다 비가 오고도 비를 기다립니다
이것 또한 설명될 수 없습니다

극지의 내가 적도의 나를 생각하면
알레포의 내가 용산에서 식은땀이 납니다

나는 나와 잘 지내고 싶습니다
쉽게 죽었고 계절처럼 쉽게 재생됩니다
자작나무 전신주가 자작나무를 생각합니다

흰 돌의 배후가 되어 준 검은 돌처럼

떠난 이름을 적으며
우리는 나에게 엽서를 씁니다

진심으로 이해해 버린 노래를
따라 부를 수 없게 되었다고 적습니다

등

창밖은 계획이 많았다
마당까지 꽃이 불었다
향에 취한 사람들은
골목 밖으로 나오지 않았다

입을 파업하고 가끔
파업을 파업할 때도
꽃은 무럭무럭 불었다
창의 안쪽에만 입김이 차올랐다

조금 흔들리고 말자
붉어지는 인파의 맨 뒤에서
발끝 들고 수탉처럼
나는 시늉했다

등은 내게 이름을 지어 주었다
이름이 가장 많아졌을 때
아무도 나를 부르지 않았다
모두 헛기침으로 입을 가렸다

목련에 몸을 닦다 가는 수많은 달들
꽃이 지지 않는다는 소문이 돌았다
징그러운 것과 아름다운 것을 헛갈렸다

식물인 헐크

하루치의 색을 짓는다
밝거나 어둡다
하루치의 옷을 짓는다
크거나 작아 놀림받기 적당하다

해를 오래 보면 재채기가 나
동물이 되어 생긴 오래된 알레르기야
무표정을 실험하던 중 햇빛에 노출되었어

빨간불이 꺼지면 검녹색이 켜지는 신호등의 원리를 생각해
빌딩 속 태양은 홍게처럼 옆으로만 지난다
햇빛에 중독된 사람들은 그림자를 버린다
그림자의 변죽을 두드리며
가운데만 고이는 소리를 듣고 있어

노을 속에서는 누구나 나를 알아본다
누구나 하루를 통과하고 저녁에는
누구나 한 번쯤 화가 나게 돼 있지
몸이 굳는다 어색하게 웃는다 콩나무처럼 웃자란다

놀림받기 적당하게 커지면
모두가 박수치고 찡그리며 바라본다

나의 몸 테에 주황빛이 고여
보색을 섞으며 감정은 온다
이건 흔한 검정이 아니지
동공을 벌려 나는 태양의 테두리에 고인
색을 툭툭 털어 넣었다
나는 잔상에서 살아가지

답과 문

아무도 답이 없었다 그 여름엔

잘못할 일들까지 잘 못한 일이 되었다

대속하듯, 없는 응답 속에서

미움은 모두 얼굴로 바뀌어 갔다

아무도 주워 가지 않았다

혼잣말을

표정을

질문을 사과하느라

가파른 거울이 되어 갔다

끝까지 나를 지켜 주겠다던 형은

꽁초 필터처럼 쓰게 웃었다

존경하는 i는 자기를 지키느라 제주로 갔다

그 여름 시작하는 일 없이도

끝나는 일은 많았다

거울의 방을 상상할 때처럼

없는 전부를 바라보느라 여름이 갔다

비싼 스포츠카를 타고 '아 유 고잉 위드 미'를 들을 때도

나는 우울했다

강변의 빛들이 수군대며 뒤를 따라왔다

이런 게 다 길이라면

아무도 믿지 않았고

아무도 믿지 않았다

막다른 길에선

공평하게

왼쪽으로 한번

오른쪽으로 한번

핸들을 꺾으며 갔다

처음 보는 동네의 사람들은

아는 사람처럼 웃음을 흘렸다

그 여름에는 아무도 질문하지 않았다

나를 아는 사람들뿐이었다

여행 도감

부른 이름들이 오래
부를 이름들로 바뀌고 있다
어느 날의 기록부터

무덤 위를 지날 때마다 거칠게 골격을 바꾸는 구름들
막 다다른 막다름이 있고
국제구름도감엔 거친물결모양구름이 추가되었다

가장 독하게 울 수 있는 방향으로,
여행지란 자꾸 지명이 바뀌는 곳

여행 도감을 쓴다
해가 없는 여행지에 관해

어느 날의 기록부터
길이 구조를 바꾸고 있다
제목 없는 발자국들이 쌓여 간다
햇빛 없이도 간신히 그림자인 그림자들
오래 불리는 일은 오래 부르는 일보다 무서울까

지도를 펴고 너머를 만지작거리면
발달하는 여행용 지문들
저녁 색이 바뀔 때마다 조금씩 미안해지고
흰 장갑을 끼웠다

피아니스트
— Duet 4 hands

자주 귀를 만진다
음악이 흘러 넘쳐

차고 높은 음들이 역광으로 날아갈 때

벼른 꽃다발처럼
불쑥 내미는

잘 익은 슬픔이
잘 잊는 손끝으로 다시

왼손이 오른손을 감싸는 느낌으로
음정이 음정에 포개어질 때
페달은 엎질러진 화음을 오래 움켜쥐고

검은 벽 속에서 흔들리는 것이 있는데
무엇일까 정적도 적막도 아닌 그것은

흉가의 먼지처럼 여유로운 생활로

흉기 위의 먼지처럼 평화로운 태도로

누군가를 대신 살아서 누군가가 연주하는 시점이야
창밖엔 새빨간 눈발이야 손을 데리러 온 손들이야
건반이 붉어지는 믿음을 갖게 되었어
손가락을 떼도 끝없는 소리 하나를

기록

그 봄 슬픔은 손끝에서 맺혔다
가리키는 바다 쪽에서 봄은 어김없었다
눈빛을 모을 수 없는 눈들
울음이 사람을 넘고 있었다
슬픔은 매번 오늘이어서 하루는 끝나지 못했다

귀신과 사람을 왕복하며 그들은
품에서 자라지 못한 자신을 꺼내었다 그걸
간판처럼 목에 내걸고 밀려다녔다
누적된 슬픔들이 서로를 당겼지만
각자 앓아야 하는 일이었다

사건과 소식은 각자 멀었다
뉴스를 하다 음소거된 나를 듣기도 했다
첼란처럼 자기 언어를 증오했지만 나는 무사했다
그 봄엔 손가락으로 탕.탕.탕. 쏘는 놀이를 했지만
누구를 겨눌지 혼곤했다 적(敵)이 많은 슬픔
슬픔.슬픔.슬픔. 씹히고 닫힌 말이 아무 데나 굴러다녔다

정동 산책

풀밭에 내린 비 등에 적시고 걷는다 건널목 건너 대한
문 엎드린 시민 상주들의 그림자를 품는다 귀가 파란 천막
아래 스물두 번 죽음을 지나 죽은 대통령의 돌담을 손끝
으로 만지며 간다 공중전화 박스에 선물받은 가방을 버렸
다 감기약 버리고 달빛을 쓴다

기침을 오래 하면 누가 튀어나올 것만 같다 미술관 돌기
둥 사이로 이름과 여름이 떠오른다 모른다 돌아가는 것도
돌아가지 않는 것도 모두 어두워지는 여름 구름 신 것을
먹어 볼까 여름 구름 여름 구름 혀를 굴리면 돌림 노래도
될 것 같지만 뒤돌아 입술 없는 사람이 된다

어깨 잘린 러 공사관 희미한 무릎에 신발 벗어 두고 맨
발로 내려왔다 소매 끝에 매달린 새끼 거미를 풀밭에 풀어
주었다 붉은 벽돌집을 지날 땐 프란체스코 말이 무겁던 사
람을 생각했다 안경을 버리고 광화문으로 돌아 나간다 검
은 여름 구름 밑에 붉고 낡은 깃발 두엇 빈 상여처럼 떠간
다 빌딩 앞 검은 거인은 길을 돌아가면 어른이 된다고 하
였다

2부
가장 멀리 가는
표정

서쪽 구름

얼굴을 흘리며 또 누구십니까
묻는 사이 목전에 와
흐르지 못한 나를 삼킵니다

불편하게 소화된 새들의 체적을 비비며
바람에 밀려 나온 서쪽
당신의 방위에 얼굴을 조금 떼어 두고 갑니다

일부 아름답습니다 낡은 입간판처럼
가리는 건지 드러나는 건지 모를 큰 눈이 옵니다
뭉뚝한 새들이 계절을 바꾸며 날아가고
나는 오래 나의 흉상을 바라보았습니다

곡예사

시작하기도 전에 슬픈 일은 많아서
네가 나를 앞질러 걷는 저녁
우리가 낳지 않은 아이들이 해변에서 모래 사람을 만든다

너는 눈을 닫고
이 저녁으로 착지하는 사람
멀리 가는 양팔을 지녔구나

너와 나는 다르기 위한 사람
서로 닮았다고
말라 가는 구름의 둥근 입술들

달을 시작할 때부터 목이 쉰 파도와
집게 잘린 농게처럼 어깨 저는 수평선
부리 없는 새들 기형의 비행

둥근 것은 견딘 것이어서
네가 갈 수 있는 끝에 도착해 있지
주름진 구름 다리며 한 바퀴 돌아오면

운형자를 들어 수평선에 겹쳐 보겠어
바다는 사막을 시작하기도 전에 백사장을 끌어안고

다만
우리는 저마다 눈 감는 법이 다르지
완벽한데 엄지손톱 하나 모자라지
모두 깎아 버리는 그 손톱 부러지고 더디 자란다

네가 나를 우두커니 세워 둔 저녁
처음 만난 아이의 손끝을 빌어
이 저녁 지평선의 개수를 세지
사라진 바다와 바다기린의 늪에 관하여
산을 시작하는 섬에 관하여
시작하기도 전에 슬픈 일은 많아서

우리는 슬픔에 도착한 모래 사람들
서로의 사다리로 곧게 오르기 시작한다

옆모습
— 뱀주인자리*

머나먼 그 거리를 너는
손가락 하나로 쉽게 이었다

세례 하듯
서로 신발끈 풀어 주는 동안

별자리가 생겨난다
같은 별에서
같은 별을 바라보는
다른 밤하늘에서

별은 온다
별은 길고
국수처럼 자란다
빛을 털며
지구로 발을 내린다
무너지는 우리의 기울기를 위해

검은 밤에 검은 별이 미끄러진다

새기며 지우는 선이 있다
축이 기울고
앞으로 옆을 보았다

* 지구의 자전축이 기울고 생겨난 13번째 별자리

거울 가면

얼굴로 서로의 얼굴을 보여 줄 수 있다면
가장 멀리 가는 표정까지 배웅하자

얼굴들이 켜진다 가등처럼
가루어 선 벽과 벽 사이에서
우리의 군중들은
마지막 햇빛으로 얼굴을 지운다
무표정이 웃음처럼 보일 때까지

거울은 먼저 돌아보지 않는다
마이크 하울링처럼
너! 하고 동시에 돌아보면
다른 뜻의 호명이 된다

개펄로 나간 발자국이 아무는 시간처럼 우리는
무표정으로 돌아오는 사람들

오늘은 일요일과 일요일
앞과 뒤를 한 장면에

포개어 놓은 거울이 두 개
얇은 어둠에서
서로의 얼굴을 통과한다

불편한 꽃

꽃은 막다르고
매번 붉고

무수한 조울의 끝장을
바람은 흔든다
새겨 둔다
잊었다는 것을 기억하기 위해
모자란 햇빛을 쥐어짜며
한 잎 두 잎
흔들리는 진료 기록부

치매 노인의 유서처럼 나무는
자신이 기억날 때마다 손등을 붉게 긋는다
달에서 펄럭이는 깃발처럼 몸을 뒤튼다
4월에 버릴 것은
힘이며 힘겨움이야

꽃이 죽지 않고 열매가 달린다
잎사귀 시푸른 채로 겨울이 왔다

백야의 질린 해처럼
반가운
청첩장을 받았다

구름을 빌려줘

구름을 조금만 떼어 줘 마지막 밥을 지어 주고 싶어 저
녁 식탁에 매일 마주 앉는 장면은 지루하고 아이를 반씩
바라보는 꿈도 슬프지 않아 우리는 구름처럼 멀리서만 보
이니까

너의 얼굴엔 처음 보는 미소의 흔적이 있다 나는 자백을
구두로 바꾸는 마술을 보여 주었다 너의 뒤꿈치는 반짝 가
벼울 테니 가라 잘 가기 전에 맡겨 둔 무서운 꽃들은 돌려
주렴 그걸 하와이안 레이처럼 목에 걸고 V자를 그릴 수 있
을까 나는 아직 구름 없이 풍경 보는 법을 몰라 창문 없는
집은 어지러워

신생아의 피부로 추위를 건네 붉어지는 나의 광대뼈를
보고 너의 희소식을 점친다 한 날짜만 적힌 달력처럼 남산
타워는 어디서나 씩씩하게 잘 보인다 너는 부지런히 모두
에 깃들어 있었네 전망대를 돌아 반짝하는 구름을 봐 빛
나던 건 다 먼지였구나 나는 자고 다행이 유행인 별에 갈
거야 그곳의 너에게 9년 치의 카탈로그를 보여 주겠어 상
냥한 외판원처럼 굴겠어 너는 속아 줘 그걸 다 사 줘

시간이 벌어지네 이마에 너의 손바닥 붙이네 체온으로 엄살을 부리네 투정은 다짐이 되고 다짐은 뾰족한 다행이 되어 너를 뚫고 네 속으로 내려가 나에겐 없는 나를 처음 사네 나는 포장지가 너무 많아 마지막 선물은 한꺼번에 쏟아지네 담을 그릇은 없어 울상이 되겠으니 구름을 조금만 떼어 줘 잠깐 옆구리에 파스처럼 붙일게 이 저녁을 다 차릴 때까지 손 떼지 말아 줘 구름을 빌려줘

유진코마리

꿈에서 넘쳐 나온 이름입니다

몸보다 미리 온

아름다움에는 손잡이가 없습니다

부를 수 없기를

이를 수 없어서

몸이 미치지 않고도

아름답게

유진코마리 합니다

,

죽은 작곡가만 기억하는 음계 같은 거예요

파동은 사라지지 않아요 악기가 필요할 뿐이죠

,

나를 유진코마리라 불러도 됩니까

그건 사해전서에 말아 둔 오래된 밤을 펼치는 일과 같아요

,

우리는 밤을 잊지 못하죠

신이 만물에 그림자를 매달아 두었거든요

,

미리 온 밤 같은 것입니까

유진코마리는

나는 왜 내가 대답합니까

여긴 나누어 쓰는 일기 같은 건가요

,

흰 꿈을 찢고 나는 몰려 있습니다

몇 종류의 내가 일어나지 않는다고 합니다

남은 나는 악기를 세우고 찬트를 부릅니다

악기라뇨? 여긴 악기 이전인데

이룰 수 없는

이름은 있습니까?

이를 수 없는

몸을 벌겠습니까?

우린

진공에서 가장 밝아지는 빛처럼 있습니다

없는 것들의 보호 속에

그믐에서 지금을 기억하는 기분으로

먼 훗날까지

우리가 되어

있기로

헬싱키

시벨리우스 공원에 가지 않았다 수오멘리나섬에 가지 않았다 아카데미아 서점에 가지 않았다 알바 알토 스튜디오에 가지 않았다 올드 마켓 홀에 가지 않았다 키아스마 미술관에 가지 않았다 트램을 타지 않았다 버스를 타지 않았다 자전거를 타지 않았다 디자인 디스트릭트를 산책하지 않았다 헬싱키 대성당 계단에 앉지 않았다 에스플라나디 공원에서 시집을 읽지 않았다 스토크만 백화점 옥상 식당에서 연어를 먹지 않았다 우스펜스키 성당에서 미사를 보지 않았다 캄피 교회에서 기도하지 않았으므로 템펠리아우키오 교회에서 기도하지 않았다 자일리톨 껌을 씹지 않았다 헬싱키 카드를 사지 않았다 마리메코 머그컵을 사지 않았다 아르텍 스툴에 앉지 않았다 보드카를 마시지 않았다 카우파토리에서 사우나를 하지 않았다 대관람차를 타지 않았다 중앙역에 가지 않았다 기차를 타지 않았다 기차를 타고 가는 곳은 헬싱키가 아니다 헬싱키항에 가지 않았다 배를 타고 가는 곳은 헬싱키가 아니다 탈린에 가지 않았다 그곳은 헬싱키가 아니다 로바니에미에 가지 않았다 그곳은 헬싱키가 아니다 사진을 찍지 않았다*

환승 호텔 하얀 침대에 관제탑을 바라보았다
반타 공항은 도심에서 가깝다
헬싱키는 핀란드만의 항도다
면적은 715.49제곱킬로미터 62만여 명이 산다

하루

    선적 지연 이슈가 해소됐다고 했다 클라이언트 뉘케넨이 예약한 호텔에 묵는다 새하얗게 빛나는 침대 가지런한 집기들 정갈한 시트 위에 눕는다 관 속처럼 배 위에 손깍지를 끼운다 TV 속 출도착 타임테이블은 연착된 비행 편을 분류한다 빛나는 관제탑과 저녁 비행기 한여름 백야 속으로 사라지는 마지막 비행을 본다 사우나가 끝나면 지하의 Speakeasy bar에 있을 것이다

    하루

하루가 지났다 컨시어지는 이틀이 지났다고 했다 근래 출장은 늘 이런 식으로 추정할 수 없는 요인들이 산재했다 본사에선 계약서 사본을 팩스로 요청했다 뉘케넨은 반가웠다며 어그리먼트 내 일부 컨디션만 수정한다면 인상적인 계약이라고 말했지만 나는 그를 만난 적이 없다

    모든 것은 하얗다 입실한 날 그대로 빛나는 침대 가지런한 집기들 연착된 비행기들은 아직 공항에 묶여 있었다 유사한 기계적 결함이 동시에 생겼다고 했다 활주로는 폐쇄

되었다 손깍지가 풀리고 계절이 바뀌고 겨울이 되어 갔지
만 모든 것은 여전했고 이틀이 지났다고 했다

엘리베이트

1층으로 가기 위해 9층으로 내려간다

7층으로 가기 위해 8층에서 내려온다
6층으로 가기 위해 7층에서 내려온다
같은 모양의 집과 입구
반복하는 빛의 창문

1층에 사는 나는 2층에 있던 6층의 나이지만
5층으로 가면서부터 달라졌다고 생각한다

옥상에서 쓴 연기를 1층에서 완성했다 영어로 번역한 연기를 일본어로 번역한 연기를 몽골어로 번역하고 핀란드어로 번역한 연기를 팔리어로 번역한 연기를 한국어로 번역하고부터 뜻이 달라졌다고 생각한다

백한 명을 거쳐 오늘로 왔다 5층에서 돌아가기 위해

우리 집은 지표식물 같아
처음 보는 엄마는 케추아어로 답하지만

나는 오늘 미얀마 사람의 기호를 부여받았다

이불에 몸을 넣으면 아직 체온이 남아 있다
내가 덮힌 것에 나는 덮혀진다 왕복한다

생강차

생강이 물로 간다
형식을 버리고
약불 위에서
생강이 물을 끓인다

불이 오를수록 물은 넘친다
꿈마다 일부 나를 넘쳐 나간 나와 같이

생강차를 마신다
일부씩 맛보며 서로를 빌린다
나는 생강의 일부로서
생강은 나의 일부로서 생각하게 되었다

생강의 근사치 나의 근사치
경계란 수렴과 진동의 성소
우리는 기복을 출렁이는 그래프들

울고 있다 매움은 슬픔인가 비롯된다
생강은 나의 어떤 부위가 되어

보지 못한 생강꽃 환한 자리에
가망 없이 가망도 없이
멀리 감기가 온다

내비게이트

자유로 갓길에 새끼 고양이가 죽어 있다
자유로 갓길에 새끼 고양이가 죽어 있다고
여름에 생각했는데

그것은 고양이가 아니다
갈색 털이 덮인
그것은 살이 썩고 뼈가 부수어지고
털가죽이 남고 부피가 줄어들고
위치로 남았다

신나게 자유로를 달리자
내비게이션은
'아름다운. 꽃의 도시. 고양시. 입니다.'라고 말한다
'고양시는 아름다운 꽃의 도시입니다.'라고 말한 적 없다

자유로는 고양시에서 시작된다
자유로는 고속화도로이다

가을인데 고양이가 아직 죽어 있다

여름인데 고양이가 죽어 있다고
생각했는데
털가죽 속엔 여름의 숨이 들어 있다

신나게 자유로를 달려간다
언제나
여름이 남아 있다

라기보다는
— 프레디 퀠에게

쓸쓸할 땐 소금을 먹는다
피는 늙어 가네 여름이 말라 가네
입추의 매미가 제 소리 주워 먹고 죽어 가네

기억을 게워 해석할 때 나는
몇 겹의 기록이다 지능적으로
극비 저널리즘을 자술서를
완성한다 퇴고하는 습관이 있는
문장가이니까 기억을 갱신하는
해석가이니까
라기보다는

무서운 이야기를 나는 겨우 지우고 있다
죽은 적들의 해안에서
무서운 이야기로 겨우 나를 만들었는데
무료함을 보살피기 위해
해변에 만든 모래 여자처럼
짧게 도는 피를 지닌 지 오래니까
비밀을 훔쳤으니까 소금을 먹었으니까

나이 들수록 남자가 남자를 잃고
여자의 여자가 희미해지는 이치
라기보다는

'무성애자는 어떻게 사랑할까'
문장이 도착하면
'무성애자는 어떻게 사랑할까'는
생각한다
나뭇잎처럼 전복하며
스스로 생각하는 징그러운 부둣가에서
묻지도 않았는데 너는 왜 답을 할까 매미처럼
무의미하게 재치 있게 자기 손을 맞잡고
북쪽 항만에서 우리가 소금을 먹고
여름이 말라 가네

이 해변엔 시점만 있고 풍경이 없으니까

사방,

관찰하는 밤,
밤은 이미 지나

무서운 속도로 우두커니
이럴 줄 알았으므로
생각한다 훗날의 여름만
기록하다니 이미 거기에선
여기를 그리워했잖니
여기에서 바라보는 거기라기보다는

식목일

　안락하기 위해 당기는 무릎이 아닙니다 노인은 가슴을 숨기는 중입니다 아이는 나무에서 엄마 냄새가 난다고 코를 부빕니다 밥 짓는 냄새가 나도 누구도 쳐다보지 않습니다 그늘은 그물입니다 나무들의 비밀 이끼입니다 각자의 그림자로 뿌리를 내립니다 어둠에서 빠져나오는 칼처럼 긴 햇빛이 구름 사이로 날을 세웁니다 나뭇잎이 날을 거릅니다 나무들의 식사 시간입니다 앞섶을 부풀립니다 짝짓기 하는 인도공작처럼 빼앗기지 않기 위해 우리를 감춥니다

　나무의 잔뿌리들이 위로 움직입니다 밑면을 숨기면 냄새가 생겨납니다 인간이 깔고 앉은 가장 어두운 부분을 공략합니다 우리는 나무의 뿌리가 됩니다 둘러보세요 사라진 사람들을 우리는 졸업됩니다 나뭇잎에 이빨이 자랍니다 꽃술에 입술이 달리고 밑동에는 발성 기관이 생깁니다 봄은 고독한 먹이들이 즐겁게 강을 건너오게 할 것입니다 포식자들은 먹이를 섭취할 때마다 먹이의 모양으로 바뀝니다

식목일

올봄에 꽃은 피지 않기로 결정했다 숨기려면 안팎의 균형을 잘 찾아야지 핑핑 나무의 근육 늘리는 소리 나무는 자매처럼 서로의 몸을 바꾸고 있다

나무가 가장 빨리 자라기로 결정한 해다 산소 농도가 세 배로 높아졌다 원시 대기로 회귀했다 곤충들이 서너 배로 커졌다 마트마다 전지가위가 동났다 북한산이 부어올랐다 등산이 유행이었다

나무는 식육을 생각하면서 시작이 많이 달라졌다 나무가 사람만큼 고기 맛을 아는지 모르지만 소화기관이 생겼다거나 육식을 시작했다는 것은 재야 식물학계에 이미 보고된 내용

식습관은 중요하다 미국에서 큰 한국 애들처럼, 땅덩이가 큰 데 가면 몸을 맞춰 자라야 할 텐데 탱자나무가 아까시나무와 가시를 겨루었다 땅속에서 오래 걸으면 배고픔도 컸을 터 가장 흔한 먹이를 찾아야 했다

그 봄에 나무가 사람을 다 먹고 갈비뼈 고랑마다 꽃을
가꾸고 아파트에 말굽버섯을 심고 살았다 시조새가 극적
으로 돌아왔고 뿌리 깊은 뇌산호가 물 바닥을 걸어왔다 거
리마다 만국기가 달렸다

유전

── 선우에게

내게 소리가 많은 것은
마음이 다른 몸을 얻으려

귤나무가 귤을 뒤척인다
소리를 다듬어 사방을 키운다

바닷소리 들리는 집에 아이가 자고
아이는 낮 동안 귤나무와 오래 놀아 귤의 물성으로 뒤
척이는데

배추밭이 몸을 낮춰 운다 자꾸
마음은 길쭉하게 그림자를 더듬어 몸을 찾고
내가 낳은 몸이 시려워 아이는 뒤척이는 것이고

아이는 내 소리가 낳은 사람일까
아이 옆에 베개를 기대 놓으면
아이는 엄마인 줄 안다
베개 밑에 손 넣어 젖을 더듬다
깨어난 아이는 악몽보다 베개가 무서웁고

겨우 재운 아이의 젖은 머리칼 소용돌이를 만지면 아이는 자는 걸까 자라는 것일까 궁금하고 아이는 눈을 굴려 잠을 조종하고 귤나무는 귤을 뒤척이고

　다 자란 아이가 자기로부터 넘쳐 일어나 이야기를 시작한다 이건 아주 사소한 이동일 뿐이야 나의 통로인 당신보다 오래 머문 곳에서 나는 태풍의 일부로 살았다

　바람과 구름의 곤죽을 뚫고 은빛 비행기
　또렷한 탯줄을 달고 날아간다
　이런 통로는 몇 년도인가
　내려앉는 소리는 어떤 음으로 기록하는가

　답답한 구름
　답답한 구름이여 가망 없는 시간을 피우며
　아이가 나를 재우는 곳에서
　섬은 배처럼 가고

잘 있어

　모르던 때, 살던 집 없고 그 터엔 공기가 자랄 때 밥을 먹지 않고도 나는 있을 때 시점 없이 하늘을 바라볼 때 색을 모를 때 인간을 모를 때 나는 다 모르고 흩어져 웃고 있을 때 손 없이 꽃을 줍고 예감으로 위치에 정확히 설 줄 알 때 남자도 여자도 아니어서 아름다움이 일 때 시간을 다 트고도 시간이 남을 때 신을 소실점에 몰아넣고 종교가 없을 때 모여 있고 싶거나 혼자 있고 싶을 때 지구는 감정의 뭉치 무한한 흰빛 속인 듯 무엇이든 하얗게만 하얗게 있을 때 이렇게 내가 잘 없을 때

3부
눈 뜬 사람은
감았던 생각으로

시작하는 神

돌이 있다
사람 없고
돌이 있다

시간

햇빛

돌이 있고

비스듬히
사람 있다

눈을 감았다

눈 뜬 사람은 감았던 생각으로
돌을 보았다

시간

눈빛

돌이 있고
돌엔 눈빛이
묻혔다

바람과
는개와
이끼와
햇빛과

눈과 비는
돌이 있어서
있었다

사람이 있어서 있는 돌은
생각을 시작하여 얼굴을 시작했다
패인 곳은 남은 곳을 남은 곳은 패인 곳을 도왔다

시작하는

다른 얼굴

다른 시간

다른 햇빛

어떤 날엔 그림자가 멈추었고
어떤 해엔 그림자만 자랐다

돌에 생각이 돌고 기원이 돌고
눈빛은 돌을 길렀다

다른 시간

다른 눈빛

반복했다

누군가 손을 모으기 시작했고
돌은 사람을 모았다

반복했다
멀리
진동했고
멀리로부터
진동했다
반복했다

누군가가 돌에 돌을 올렸다
눈빛과 기원이 틈을 굳혔다
돌은 높아졌다
무너지고 쌓이고
돌은 자랐다

반복하는

시간 위의 기원 위의 햇빛과

진동하는

돌이 있다

안테나가 되어

돌은 울고

돌은 돌보았다

후유(後有)*

잔기침으로 꽃을 뱉는다 꽃이 켜지자 방금 전이 생각나지 않는다 잃어버린 생각만이 궁금하다 노래는 들을수록 살이 찐다 음악이 나를 듣기 시작할 때 욕조의 물처럼 우연히 넘쳐 나는 누군가가 하수구로 흘러간다 커지는 초침 소리처럼 나의 소리가 무서워진다

마당은 천천히 움직인다 감잎은 각도를 조용히 꺾는다 축척이 다른 지도를 들고 서로의 눈금을 센다 한 뼘 안에서 끝나는 거리를 잰다 국수처럼 하늘로 늘어진 허연 길에서

　　낙화: 책 바깥으로 날아가는 각주들
　　여행: 몸이 밖을 떠돌 때 안쪽으로 더 멀리 가는 노동
　　비행: 날면서 낡아 가는 시계 높은 곳에서 시간은 빨리 흐른다
　　블랙박스: 모든 사건은 원인을 통제하도록 설계되었다

나무 속에 앉아 날개를 기르는 동안 나는 희박해진다 꽃의 허벅지를 보았다

* 열반의 깨달음을 얻지 못한 이가 미래에 받는 미혹의 삶.

마투라

여긴 제사를 지내고 음식을 나누어 먹을 때의 감정
오래전 박물관 냄새가 납니다

노 머니. 튀긴 과자를 쥐어 주고 돌아섭니다 어린 그는
낮부터 밤의 얼굴을 하고
손바닥에 글씨를 적습니다
읽을 수 없어 일그러진 웃음 미안하고
고친 웃음은 달고 신 과자를 먹습니다

어린 그의 얼굴이 저녁을 끌고 갑니다
어른 그림자를 지닌 그에게
나의 어둠은 모두 들켜 사방 불이 켜지고
웃음에 당겨진 빛은 아직 남아
강물에 뜬 촛농들 마중하고 돌아섭니다

발바닥이 간지러운 저녁입니다
모기에 내 피를 맡겨 두고 갑니다
오래전 저녁이 계속되고 있습니다

파계

예불 소리가 들리는 방이다

소리는 공기에서 생활하고 여름 공기는 소리를 잘 데려
간다

독경의 음계는 낮다 내용을 숨기기 좋다

선풍기가 소리를 자른다 수행자는 모두 자기 몸속으로
숨는다

이곳은 한 끼만 허락한다 점심엔 모두 폭식한다

감시 카메라처럼 선풍기가 돌고 인적 없는 방식에서 더
운 공기는 흐르고 있다

무릎에 피가 희박해지고도 증득(證得)하는 수행자는 돌
아오지 않는다

반대가 없는 방향에서 그들은 가끔씩 고개를 돌리고 피가

없는 생활 쪽으로 게송은 해석된다

예불은 다양하게 이어진다 둘레를 잊고 선풍기를 잊고
생활을 잊는다

방은 오래 비어 있다 누구든 해석을 돌려 돌아올 수 없다

선풍기가 사원의 방들을 거느리는데 방의 원리는 모른다

스투파

— 바간

탑에 붙은 시간 떼어 물고 바람은 전령처럼 간다 나는 용서를 빌다 선잠에서 깨었다 꿈이 바뀌는 것 서서히 주파수가 바뀌고 새 이마가 돋는 느낌으로 천천히 오 분씩 십 분씩 하늘이 안색을 바꿀 때마다 검어지는 사람들이 모여들었다 수면이 흔들리는 수변에서 쌀 씻듯 눈빛을 불리고 있었다 물에 뜬 꽃, 잎잎들 익어 가는 곳 다음이란 무엇이 있는 강변일까 벽처럼 물러난 석양은 적는다

당신 살 냄새가 왜 여기 있습니까 재스민 향기 코를 치고 저녁 강이 얼굴 다 갖추자 탑들이 그림자를 눕힌다

인터뷰

스님은 평상에 결가부좌를 하고
마주 보고 앉았다 나는
미얀마어를 모른다
미얀마 문자에는 동그라미가 많다

카메라는 기록한다 여러 각도에서
땀을 닦으며 그는 말한다
통역이 번역이 되어선 안 됩니다

초점이 맞지 않는다 안경의 너머처럼 그는
대신 질문하는 통역자를 자꾸 바라본다
인터뷰이는 인터뷰어의 눈을 바라봐야 합니다
큰스님들은 사람의 눈을 보지 않는 경우가 많습니다

카메라는 동공을 조인다
그는 나의 인중을 바라본다
언어를 모르지만 저절로
고개는 끄덕이고 있다

그는 오래 정진한 사람이고
나는 생활의 궁지에서 몰려다니다
바간에 오게 된 것이다
바간의 뜨거운 여름이다

매미 울음 굉장하고
붐 마이크는 말소리를 발라낸다
나는 나의 눈을 바라보게 되었다
그가 그의 눈을 바라보듯
빛과 식물처럼 번역 없는
동공 속의 질문이 동공 속으로

초여름 숲이 불처럼 거물거리고
서로 사이에 시원한 길이 놓였다

구름 사이 기다란 햇빛이
눈빛을 덮기 시작했고
시린 눈을 감았다
짧은 어둠 속 떠다니는 적록색

아지랑이 사이에서

동그라미를 알게 되었다

스탄

　목숨이 줄어드는 쪽으로 가면 밥맛이 좋고 발기가 잘되
고 손발은 민첩하며, 살 수 있는 쪽으로만 움직인다 저절로
나의 몸은 삶이 잘 수신되는 라디오처럼 자꾸 무얼 듣는
데 또렷한 그 메시지는 나의 혀가 잃어버린 조음점을 만들
어, 살고 싶어지는

　인샬라. 무엇에 대한 평화인지도 잊은 채 기대가 기만인
시절에서 폭탄은 폭죽처럼 환하게만, 골동품 거리에서, 박
제된 신(神)들 터진 살점 훑어 가는 붉은 소실점에서 들리
는 조용한 그 말씀은 점집에서 사 온 부적 같은 쓸모 모두
부 같은 그 말씀 쥐고 출소자처럼 두리번

　총검을 든 잿빛 수염이 와 몸을 더듬는 동안 국경이 깃
발을 머뭇거리는 동안 나는 잘못 없이도 잘못한 모든 일이
되어 모국의 내 습관대로 잘못을 만들어 고하고 싶어지는
국기 하강식 위로 목 붉은 새 떼 날아가고

　라마단의 해 지고 어둠 속에서야 먹을 것 주섬거리는 국
경 사람들 더듬어지는 이방인의 몸을 바라보는 흰 눈 허기

속에서 검문당하는 몸피 잔 근육 저절로 움찔대는 동안
검문하는 몸도 미량의 죽음을 느끼며 당신도 나도 이상한
반성의 시간이 지나길 바라는 건 우리의 인샬라 "웨라유프
럼" 반쯤 웃는 하얀 이 청하는 악수가 신(神)이었다

다른 나라에서

양곤의 북한 식당 청류관에서 냉면을 먹습니다 어깨 너
머 흰 손길 육수 속 면을 가뿐히 들고 식초를 적시고 나는
젖어 듭니다 끊지 않고 마십니다 들킬까 봐 나는 면을 들
이켜고 당신은 부러 멀찍이 안 보이듯 바라봅니다

나는 수많은 마지막입니다 당신은 유일한 마지막입니다
국적을 묻지 않는 유일한 우리가 같은 말을 하는 당신이
다른 나라에서 가슴 얼얼하도록 찬 육수 부어 주고 나는
미량의 독처럼 알고 마십니다

냉면과 랭면은 다른 음식일지 모른다고 다른 나라에서
목메도록 랭면을 먹습니다 두 그릇 먹습니다 흰 손 더욱
보고 싶어 국수는 입술에서 툭툭 끊어지고 들키는 당신
들키지 않도록 면을 들이켜다 통일을 알아 버렸습니다

두 시간 지나 두 개의 시간입니다 나는 그녀에게 수없이
사라질 일입니다 어디든 잘 지내요 나는 말하고 그녀는 흰
손, 배웅하는 눈빛 유리창에 막혀 먹물의 밝은 부위처럼
어룽 빛나고 갇힌 그 빛을 사랑해서 나는 곧 잊게 될

당신을 잊지 않기 위해 환등기처럼 눈을 켜고 양곤 저녁 거리마다 비추어 두었습니다

최초의 멍게

너와 간섭한다 나는
방향을 알 수 있다

진동하는 너와 진동하는 나는
떨림을 목적으로 한다

이쪽 바다의 돌고래가
저쪽 바다에게 건네는 말

우리는 나를 우리는 너를 간섭한다

집 속에 집을 짓고
몸속의 몸을 진저리치며

나는 문이 많은 질문을 알고 있다
이쪽 바다에서 저쪽 바다까지
물속에선 눈물이 보이지 않는다

두 개의 해류가 만날 때마다

진동하는 너와 나는
멍게를 먹고 찬란한 혀를 얻는다

슬펐다는 사실만 슬퍼한다
사랑하는 일을 사랑하게 되었다

레의 여름

비행기는 두 번 급강하했다
김포에서 미야자키로 가는 동안

너는 출입국 신고서 위에
계이름을 쓴다

비행기 안에서 부친 엽서는
자주 뜻이 바뀐대

우린 이동 중이고 언제나
이런 각도에서 울게 되었지

기내는 늘 밤 쪽의 공기구나
잠은 기도하는 기분
입국 수속은 길어질 거야
너는 둥근 창에 귀를 기대 잠든다

(중략)

엽서는 오지 않았다 어떤 여름에도
우리는 연결되지 않았어

연필을 꼭 쥐면 어둠이 짙어진다
너의 필체로 계이름을 쓴다

레 레 레 레
혓바늘이 돋았다

오래전부터 오늘이었던 눈빛
노래는 끊어진다

현기증은 지구를 떠날 때의 흐느낌
창문이 두 번 흔들리고

오르골
— 레에게

오늘 처음 맹인이 된 너의 밤 공중에 입김을 편다 나는
추운 손끝으로 우리의 일기를 더듬고 있지

붕대 밑으로 웃음을 건네던 여자와 느린 여름 냄새와
탁   탁   탁 탁자 위에 손톱으로 말했던 느린 의사

건전지에 혀를 댄 듯 도망가던 저녁 하늘
처음 달이 크게 보이던 날이었잖아
여섯 시의 보안등 밑에서
자꾸 춥다며 숲에 가자 했잖아
내 팔뚝 소름 더듬으며 흥얼대던 여름 노래

너는 무서워 스스로 눈을 닫은 사람 너는 가만 있거라
소름을 키우며 나는 움직여라 지구는 돌아라 너는 조금씩
읽는 사람 밤은 울려라 거기 가만가만 실눈으로 나비 같은
눈사람 생겨라

어항

가장 아름답던 해의 레가 왔다

가장 잘못 꾼 　　　　　　　꿈에 눈이 꿈에 눈이 눈에 꿈이
　　시계를 본다
　　몇 년도의 너인지
　　눈동자와 시간을
　　번갈아 맞추어 본다

가장 밤이 긴 　　　　　　　꿈이 눈에 꿈이 눈에 눈이 꿈이
　　머리맡엔
　　테가 많은 돌이 자란다

　　물풀 속에서
　　손잡이 없는
　　칼을 주웠다

모서리 기별

기대 없이 기댄다
가누는 몸 기우는 의자
저질러진 숨 나의 공기

의자는 견디는 의지로 틈이 벌어진다
삐걱이는 사이에 와 들뜬 작은 봄 공기들

삐걱이는 헌책을 다시 읽는다
알 것 같은 일들이 책장을 넘긴다
덜 마른 꽃이 떨어진다
저것은 꽃이 아니구나 잘못이구나
알 것 같은 일들이 내일을 치웠다

떠나지 못해 떠난 사람들이 저문다
아무도 모르게 아무는 밤은 무섭고
기억 없이 아픈 일이 가장 생각나는 기후여서

의자를 기울여 모서리를 세우면
두견새처럼 기별하는 소리

당신이 내게 갚아 준 말이 그러하고
내가 가장 깊게 잊어버린 말 또한 그러하다
마침표를 앞에 찍는 말들
성조의 발끝을 세우는 말들
발을 까딱이면 우는 그 소리처럼

기별은 굳이
소리를 센다
소리를 세운다

정동 산책

라일락이 시작되었어
목발 짚은 회화나무 그늘을 지나왔어
나는 아무것도 시작하지 못하고

빗방울이 시작되었어
턱을 괴고 무릎에 기대고 있었어

사람들은 모두 한쪽 방향에서 온다
죽은 작곡가의 기념비에선 노래가 흘러나왔지

거울에 얼굴을 대고 휘파람을 불었어
어떤 시간의 내가 가깝다 흐려졌지
94년産 바람 냄새가 났어

교회의 장미 담장을 넘겨다보았고
갈래 길에선 종교를 가질까 생각해 보았지만
라일락이 시작되었어

신이란 문득 코밑을 지나는 그리운 냄새 같은 게 아닐까

그걸 매일 기억하는 일이 기도가 아닐까 생각했지만
빗방울이 시작되었어 흙냄새가 올라와
꽃 냄새를 덮고 하늘은 한층 어두워졌어

담배를 끊었지만 나는 자주 연기 속에 있었고
광화문 구름 밑에 검은 거인은
길을 돌아가면 어른이 된다고 했지

저절로 하루

어떤 사람은 휘파람으로 저녁에 도착하고

매미는 쓰린 허밍 하나로 계절을 들어올린다

저녁은 세 시부터 오고 있다

철공소에선 제라늄 냄새가 난다

정류장 없는 곳에 노선버스가 서는 것을 본다

반투명은 어느 쪽에 가까워지는 걸까

대성유리 앞에선 어항을 든 사람과 부딪히고

다섯 시엔 새 시장에 간다

열 시엔 아이를 재우고 식탁에서 생강을 벗긴다

아내는 공기를 아끼는 사람이 되라고 한다

매워서 눈물 나는 일도 있고 눈물 없이 우는 사람도 있지만

사람은 모두 울고 난 얼굴

울음과 울음

사이에 생활이 있고

생활과 생활 사이에 울음이 있다

벽에는 지난여름 내가 죽인 모기의 피가 굳어 있다

휴대폰에서 내 이름을 삭제한다

자정엔 내가 진행하는 방송의 멘트를 따라하다 웃고

세 시엔 읽지 않을 책을 주문한다 그걸 다 읽기로 한다

친필

나를 밀고 그를 빌린다
시간이 나란하고 필체로 그가 올 때
획마다 미련하게 좀 울 수도 있다고 생각한다

그를 당겨 꿈꾼다 둘레를 만들며 가는 서사;
당신의 통학로를 따라 이어진 천변에서 불던 바람과
육첩방에 누우면 들리던 왕골 냄새와
아랫집 간장 달이는 냄새는 어떤 절망을 증폭했는지

  집터에 꽃을 두고 넘보았던 시간이 길 하나를 꺾어 왔으
나 나는 그쪽 삶이 아니며 시간도 밀렸으니 미칠 수 없는
이해가 있어야 한다 사랑한다 적었지만 글씨체는 뜻을 누
른다 빌린 부끄러움으로 쓴 이야기는 알 수 없어야지

인사

— 료칸 주인 후쿠마루 다이키치 씨에게

후쿠마루처럼

인사하고 싶다

절이란 무엇인가

넙죽 가슴팍에 무릎 닿고

따스한 품이 생긴다

후쿠마루처럼

일 없이도

절하고 싶다

마루에 이마를 찧으면

높아지는 당신에게

곤니치와

아무도 없는데

인사하고 싶다

후쿠마루는 기찻길 옆에 살았다고 해 어릴 적

매일 창문에 이마 붙여 열을 식히며

에노덴을 봤다고 해 때로

철길에 귀를 붙이는 게

인사였다고 해 어쩐지
기합이 들어갔지만
무덤 냄새 들리는 방향으로 몸이 풀려 저절로
절을 했다고 해

봄 가도 봄밤에 남아
절을 한다
'늘 신세지고 있습니다'
북쪽으로 멋쩍게 팔목 까딱이며
마네키네코식 인사를 한다
후쿠마루처럼
꽃바닥을 책처럼 훑어 읽으며,
이 꽃으로 말씀 드리자면 자꾸
미안해서 말씀드리기 힘들어서 미안한 꽃으로서
날리고 있습니다, 죽은 꽃을 중계하며 라쿠고꾼처럼
이 꽃은 사쿠라입니다
이 꽃은 사쿠라입니다
처음 고백을 사용하는 이의 열띤 이마로

이마와 마루 사이

열이 흔들리는 사이 꽃잎 마르는 곳

얼굴 비추는 후쿠마루처럼

고래

숨은, 깃발처럼
가장 잘 보이는 곳에 배치하자
숨을 뿌리치자
고래가 생겼다

없는 색이 아름답다
그걸 보고 싶어 오래 숨을 참는다
바다에 오는 동안 잃어버린 고래의 눈은 아름답고
나는 매일 내일이 아프다

눈꺼풀 안쪽에 새겨진 지도를 따라
고래는 눈빛으로 배달된다

나는 내가 눈을 감는 동안이 가장 궁금하다
바다는 고래의 등으로 숨 쉰다

고래는 뭉뚝하다
바다를 휘어 감는다

掌篇
— 발명

새 테이프를 재생하면 새(鳥)소리가 난다. 바람이 새 떼를 통과하며 눈을 내리는 소리. 테이프가 새의 행동 양식을 모방했다는 것은 일부 독립 과학자들이 밝혀냈다. 프리츠 플로이머는 1928년 마그네틱테이프를 만들었다. 새 떼가 철가루처럼 나무 주위로 휘는 것에 착안했다.

고음역에 녹음된 새의 울음은 이퀄라이저로 조정한다. 날갯짓은 압축되어 숨겨진다. 이퀄라이저와 컴프레서가 생겨난 이유다. 새는 한쪽 날개로 날 수 없으므로 스테레오가 등장했다. 많은 새들이 이 노래 저 노래로 몰려다녔다.

핵심 기술은 마그네틱 코팅이다. 이 장치는 새들을 고정한다. 머릿속에 내장된 생체 나침반을 교란하기 위해 고안되었다. 모든 공정에는 서브리미널 효과*가 적용된다. 녹음된 음악을 재생하면 누구나 날 수 있다. 몇 명은 옥상에서 뉴스까지 날았다.

테이프 플레이어의 혁신은 새 떼를 휴대하는 데 이르렀다. 뒤집지 않고도, 새들이 B면으로 완만하게 흐르게 하기 위해 오토리버스가 태어났다. 가을 낙엽이 몸을 뒤집는 원리에서 착상한, 오톰 리브스에 어원을 둔다.

  마그네틱테이프가 생산되던 해, 히틀러는 달변가 괴벨스**를 조립했고, 나치는 세계 최초로 마이크를 세워 히틀러의 목소리를 날렸다.

  마이크 그릴이 위장된 새장이라는 것은 방송국 고위 간부라면 모두 아는 비밀이다. 작은 날개의 종족들이 살며, 부리는 얇게 펴 떨림판으로 쓴다.

  훗날, 방송국의 심야 DJ가 발명되었다. 색소성 건피증***인간과 앵무목의 조류를 교배하고, 인두겁을 씌워 놓았다는 것. 새소리에 인성(人聲)을 씌워 말로 번역하는 것은 송출의 핵심 기술이다. 종종 아나운서를 앵무새라 부르는데, 기밀이 새어 나간 탓이다.

  매체의 발달은 테이프의 쇠락을 가져왔다. 은반 위로 새들이 이주했다. 1979년 필립스와 소니는 고대 천문도를 본

떠 콤팩트디스크를 만들었다. 밑면의 결마다 새가 물고 온 별의 궤적이 씌어 있다. 레이저의 뾰족한 빛으로 더듬는다. 공(空) CD를 돌리면 새소리가 난다. 바람이 새 떼를 통과하며 눈을 내리는 소리.

* 인간이 의식할 수 있는 수준 이하의 자극들이 인간의 감정이나 행동에 큰 영향을 미친다는 이론.
** 1928년 히틀러는 괴벨스를 독일 전역을 총괄하는 NSDAP 선전 감독관으로 임명했다. 괴벨스는 히틀러를 총통으로 만들기 위해 당의 행사 및 시위 의식을 제정했다. 또한 나치가 세계 최초로 발명한 마이크를 이용해 목소리가 자주 갈라지는 히틀러의 연설에 박차를 가함으로써, 독일 대중을 나치즘으로 끌어들이는 데 결정적인 역할을 수행했다.
*** 미량의 태양 빛에도 화상을 입고 색소가 침착하는 드문 질환으로 사망에 이르기도 한다.

봄을 기다리는 겨울 백자
─ 한 조울의 풍경

함돈균(문학평론가)

금 간 백자, 흔들리는 중심

백자의 몸은 흙이다. 그 몸은 땅에서 비롯된 것이다. 백자의 빛깔은 그래서 몸과 분리되지 않는다. 백자의 흰빛은 문화의 어떤 상징성과도 무관하게 그것이 비롯된 몸의 기운, 땅을 닮았다. 그러므로 흰빛이 아니라 '백자 빛'이라고 해야 한다. 흙에서 왔으므로, 땅에서 비롯되었으므로, 백자 빛은 유약을 발랐으나 찬란하고 화려하게 빛나는 순백이 아니다. 해와 바람과 물, 그리고 그와 어울려 땅에 발 딛고 사는 사람 냄새가 난다. 이 사람 냄새에는 수다스러움보다는 고졸한 생활의 지향이 배어 있다. 고단한 자연의 운행이 삶과 섞인 고졸함은 단단하다. 이 고졸함은 뜨거운 가마 속에서 견딘 흙-몸 때문이라고도 얘기할 수 있을 것이다. 우리가 백자의 몸에 드러난 미묘한 균열에서 흠집을 보기보다 오히려 두 손을 모으는 마음이 생기는 이유이리라.

불탄 목적지는 이해하기 쉽고
도착하는 길이 계절마다 다릅니다

구운 흙은 울기 좋습니다
깨어질 듯 그러했습니다

밖에 누구 있나요
안에 누구 없습니다
나는 나의 작은 균열을 찾는 중입니다

금 간 서쪽 무늬를 엽니다
나는 획의 기울기를 읽는 데 온밤을 씁니다

중심은 맺혔다 사라집니다
나는 안팎이 없습니다

검은 모자 떼가 날아갑니다
불쏘시개로 흰 뼈를 깨뜨리고
경계에서 나는 태어납니다

———「백자의 숲」

여기 하나의 백자가 있다. 아니 백자의 숲이 있다. 울고 있는 백자. 그러나 정확히는 울고 있는 백자가 아니라 "울기 좋"은 백자다. 울음은 표출된 것이 아니라 가능성으로 보유된 것이라는 걸 우선 확인하면서 얘기를 시작하자. 표출된 울음과 가능성으로서의 울음 사이에는 큰 차이가 있다. 이미 표출된 것은 완료된 것이다. 울면서 울음의 원인이 되었던 시간은 곧 탕진되리라. 하지만 가능성으로서의 울음은 여전히 겪고 있는 시간이다. "구운 흙"은 깨어질 듯하지만 깨어지지 않는다. 울지 않고 울음을 보유하는 시간은 고통의 현재진행형이라는 점에서 가까스로 깨어지지 않고 몸통을 유지하고 있는 백자의 견인주의(堅忍主義)의 근거다.

"밖에 누구 있나요"와 "안에 누구 없습니다"는 동일한 질문형 발화다. 질문형 발화가 이어지는 것은 자연스럽다. 고통이 완료되지 않았으므로 생생한 시간으로서의 현재는 "누구"와 '무엇'으로서의 "균열"을 찾는다. 질문은 주체의 시간이 아직 끝나지 않았고 "찾는 중"이라는 사실을 보여 준다. 이 탐구와 탐색은 울음을 보유할 때만 가능하다. 존재의 결여에 대한 자각, 탕진되지 않는 욕망의 시간이 있을 때에만 주체는 존재를 탐구할 수 있다. 역으로 말해서 주체에게 "작은 균열"이 보이는 것은 질문과 탐구가 계속 되기 때문이다. 질문이 없을 때 이 작은 균열은 보이지 않는다. 그러나 미세한 균열은 작은 균열이던가. 미세한 균열을 발견하는 자는 안다. 그것이 백자를 깨뜨릴 수 있는 큰 균열이라는 사실을.

그러나 균열이 항상 부정적인 것만은 아니다. 그것이 존재의 결여, 존재의 지옥과 관련된다면, 존재의 완성도 존재의 꿈도 그와 관련되지 않겠는가. "획의 기울기를 읽는 데 온밤을 쏟"는 까닭도 거기에 있다. 기울어진 것은 어떤 쏠림, 욕망을 지시한다. 쏠림과 욕망은 결여와 관련된다. 결여는 고통의 현재성이자 아직 찾지 못한 얼굴 없는 행복의 미래태이기도 하다. 그래서 금은 '서쪽'으로 나 있는 무늬인 것이다. '서쪽'의 세계를 이미 개방하고 있는 존재의 암시다. 존재의 중핵에 쉽게 다가갈 수 없으므로 중심은 "맺혔다 사라"지지만, 이 견인주의가 의미 없는 일은 결코 아닐 것이다. 어떤 모호함 속에서도 울음의 가능성을 보유하고, 존재의 균열을 지속적으로 탐색하는 것은 이미 그 자체로 새로운 시간 탄생의 여정이다. 이 시집의 전체 맥락에서 주목해야 하는 것은 그 탄생이 "경계"와 관련된다는 사실이다. 탐색을 지속하는 자는 경계에 있을 수밖에 없다. 확실한 존재의 섭리에 닿았다면, "중심"에 닿았다는 것을 주체가 확신한다면 이미 답을 아는 자가 뭐하러 질문을 계속하겠는가. 깨어질 듯 금 간 서쪽 무늬를 지닌 백자의 탄생은 경계의 미학이다. 이상협의 첫 시집 『사람은 모두 울고 난 얼굴』은 모호함 가운데에 흔들리고 있는 시집인데, 이는 이 시집이 '경계' 위에서 진동하고 있기 때문이다.

헬리콥터가 온다
눈을 감으면
들리는 중심이

흔드는 것
흔들리는 것

창문이 생긴다

공기가 바람이 되는 시간엔
구석 그늘에도
빨래가 마르고

높은 곳을 바라보고 있었다
같은 것을 바라보고 있었다

보고 싶은 색은 노래지는 노랑

같은 것을 바라고 있었다
서로를 가누고 있었다

우는 창문에 우리가 비추지 않을 때까지
흔드는 것보다

흔들리는 것

　　나무 자른 잎 때
　　한꺼번에
　　솟아오른다

　　　　　　　　　　　　　　　──「은행나무 헬리콥터」

　은행나무 앞에서 시인은 눈을 감고 "중심"의 소리를 듣
는다. "중심"이 청각 이미지로 나타나는 까닭은 아직 그것
이 당도하지 않은 현실이거나 닿지 못한 존재의 중핵이기
때문이다. 시적 화자에게 그것은 간절한 것, 희구의 대상이
다. 이 시에서, 그리고 이 시집에서 그것은 "흔드는 것"아
니 "흔들리는 것"과 밀접하게 관련된다. 이를 단순히 움직
이는 것이 아니라 하필 "흔드는 것", "흔들리는 것"이라고
표현할 때, 이 표현은 대단히 미묘하다. 이는 대상이 명확
하게 운동하는 물체가 아니라 포착하기 어려운 존재의 행
로를 지녔다는 것을 암시한다. 포착이 어려운 존재에 대한
기미를 감지하려면 그에 대한 주체의 감각 역시 섬세하게
열려 있어야 하며, 깨어 있어야 한다. 그러한 정체성에 시인
의 자리가 있기도 하다. "공기가 바람이 되는 시간"에 "빨
래가 마"른다는 말은 시간의 변화와 더불어 사태들 또한
시나브로 변화한다는 암시인데, 이는 사물들 곳곳에 미치
는 공기와도 같은 "중심"의 존재를 부지불식간 환기하며,

공중의 저편을 향해 난 "창문"과도 자연스러운 이미지 연관성을 맺는다.

"창문"은 무엇을 향해 열릴 것인가. 또는 무엇을 기다리며 저 위에 나타나는가. "높은 것", "같은 것"이다. 즉 "중심"이다. 창문은 거룩하며 누구에게나 수긍될 수 있는 존재의 "중심"을 향해 있다. 시적 화자가 바라는 이 '높고 같은 것'을 좁게는 시적 화자의 희망의 표지로 볼 수도 있으며, 넓게는 주체들이 함께 사는 공동체에 임재하기를 바라는 보편적인 섭리로 추측할 수도 있으리라. 등단 이후 적지 않은 시간이 지나 묶인 이 첫 시집을 한 방향에서 규정하는 일은 부질없는 일이지만, 이 시집이 '높고 같은 것'으로서 도래할 "중심"을 희망하는 시집이라는 것만은 분명하다. 이 시집이 개인의 희망에 관한 시집일 뿐만 아니라 공동체의 희망에 관한 시집이기도 하다는 말이며, 그 희망이 척박한 시간에 참된 삶으로의 변화를 야기하는 어떤 섭리의 개입과도 관련이 있다는 말이다.

그런데 이 시의 마지막 즈음에 오면 이 시집의 이해와 관련하여 특별히 눈여겨보아야 할 진술이 나온다. "우는 창문에 우리가 비추지 않을 때까지/ 흔드는 것보다/ 흔들리는 것"이라는 이 진술은 다시 한 번 대단히 미묘하며 중요한 표현이다. "우는 창문에 우리가 비추지 않을 때까지"라면 여기서 울고 있는 것은 창문이 아니라 실은 시적 화자를 포함한 "우리"일 것이다. 그것은 마치 "금 간 서쪽 무늬"

(「백자의 숲」)처럼 지금과는 다른 세계를 향하고 있는 주체들의 고통스러운 울음을 포함한다. 끝까지 가는 울음이라는 점에서 이 울음은 과거형이 아니라 현재진행형이다. 비추지 않는다는 점에서 우는 창문은 내면의 견인주의를 담지하고 있다. 그렇다면 "흔드는 것보다/ 흔들리는 것"은 대상일 수도 있지만 시적 화자일 수도 있는 것이다. 시집 『사람은 모두 울고 난 얼굴』에서 이 미묘한 진술을 섬세하게 확인하는 일은 생각보다 중요하다. 이 시집은 "중심"뿐만 아니라, 그 중심을 희망하고 중심에 닿기를 간구하는 시적 화자 모두가 '흔들리는' 세계, 진동하는 시간 속에 있다는 사실을 보여 주는 시집이기 때문이다. 아직 오지 않은 시간, 이 시에서 그것은 '보고 싶은 은행잎의 노랑'으로 표현되었지만, 전체적으로 보아 시집은 울음을 숨긴 금 간 백자가 봄을 기다리는 겨울 시간 어디 즈음에서 진동하고 있다.

눈사람이 시인이다

무수한 조울의 끝장을
바람은 흔든다
새겨 둔다
잊었다는 것을 기억하기 위해
모자란 햇빛을 쥐어짜며

한 잎 두 잎

흔들리는 진료 기록부

치매 노인의 유서처럼 나무는

자신이 기억날 때마다 손등을 붉게 긋는다

달에서 펄럭이는 깃발처럼 몸을 뒤튼다

4월에 버릴 것은

힘이며 힘겨움이야

꽃이 죽지 않고 열매가 달린다

잎사귀 시푸른 채로 겨울이 왔다

——「불편한 꽃」에서

시집을 이루는 풍경의 정황은 대체로 이렇다. "치매 노인의 유서처럼 나무"가 서 있다. 이 풍경을 단순히 을씨년스럽다고만 하기에는 어렵다. 풍경은 나무가 치매 노인 같다고 얘기하려는 것이 아니라, "자신이 기억날 때마다 손등을 붉게 긋는다"는 나무의 안간힘을 전달하는 데에 초점을 맞추고 있기 때문이다. 사물의 외면을 전달하는 시가 아니라 사물의 필사적인 의지를 전달하는 시라는 뜻이다. 바람도 그저 삭막하게 부는 것이 아니라 "무수한 조울의 끝장을" '흔들며' 불고, 그것은 "잊었다는 것을 기억하기" 위한 망각과의 투쟁을 함의한다. "달에서 펄럭이는 깃발처럼 몸을 뒤"트는, 사력을 다하는 흔들림의 풍경은 그러므로 역설적으로 희망의 꿈틀거림을 암시하는 풍경이 된다. 이 풍경에는 현재 사물 세계를 지배하고 있는 생명 망각 상황을 그대로 받아들일 수 없다는 의지가 서려 있다. "잎사귀 시푸른 채로 겨울이" 오는 아이러니는 이 시집의 전형적 풍경이다. 사물들의 객관성과 사물들 내부에 거주하는 주체의 의지 사이에 날카로운 어긋남이 존재한다. 그러나 겨울에도 "꽃이 죽지 않고 열매가 달린다"는 것은 얼마나 거룩한 형상인가. 이 형상 자체가 울음과 웃음이 뒤섞인 '조울'의 메타포다. 그렇다면 '조울'은 병이 아닐 것이다. 웃음과 울음 사이에서 진동하는 이 내면 상태는 봄을 간구하는 주체의 겨울 투쟁이기 때문이다. 헐벗은 겨울 벌판에서 시인이 어떻게 홀로 희망을 주장할 수 있으랴. 그는 다만 절망을 수락하지 않겠다는 용기를 보여 줄 수 있을 뿐이다. 그리고 그것이 시의 유일한 윤리일지 모른다.

아무도 모르고 벚꽃까진
멀다 하는데 나는 무수히
무수히 눈을 뜨고 여기는
봄으로 건너뛰는 길인데
기후가 나를 발견하는데

우는 사람을 보았네

우는 사람이란 무엇일까 여행지에선
길 잃은 골목이 반갑고 술집이 있네

(……)

봄은 무엇일까
봄에만 있는 것이 있었네
나는 양팔로 맞바람을 끌어안고
'안녕 공기 인형' 저절로 말했네

──「오하이오 오키나와」에서

여행지에서도 시적 화자의 관심은 떠나온 공간의 "벚꽃"
개화 시기에 있다. "아무도 모르"는 서울의 봄은 이미 당
도해 있는 오키나와의 봄과 대비되고 막막함은 더 커진다.
"우는 사람"과 "길 잃은 골목"은 여행자이기도 한 시적 화자
의 상태와도 통하겠지만, 이 여행이 한낱 술 취한 감상적 풍
경으로 마무리되는 것은 아니다. 시의 고갱이는 마지막 연
에 있다. "봄은 무엇일까"라는 저 질문은 중요하다. 이 질문
은 계절의 자연적 순환 속에서 일상인들이 보통 생각하는
'봄은 본래 이런 것이다.'라는 정보의 차원에 귀속되어 있는
진술이 아니다. "봄에만 있는 것이 있었네"라는 진술은 고
통을 생생한 현실로 살아온 이의 모종의 각성을 담고 있다.
  시적 화자의 다음 행위는 그런 점에서 대단히 의미심장

하다. "나는 양팔로 맞바람을 끌어안"는다. 바람을 등지거
나 피하는 것이 아니라 바람을 껴안는다. 그리고 그는 "저
절로" 인사한다. "안녕 공기 인형"이라고. 주체가 스스로 '공
기 인형'이 되는 이 행위는 풍경 내부의 주체가 그 자체로
풍경의 일부가 됨으로써 풍경의 시간을 온몸으로 살아 내
겠다는 의지를 표현하고 있다. 맞바람의 '공기 인형'은 '잎
사귀 시푸른 겨울'이나 '꽃은 죽지 않고 열매가 달린' 치매
나무처럼(「불편한 꽃」) 역시 상황과 의지, 객관과 주관 사이
의 날카로운 대립을 아이러니하게 드러낸다. 맞바람을 맞고
있는 상황은 고통스럽기 이를 데 없지만, 내가 그것을 능동
적으로 끌어안음으로써 상황은 도리어 내게 유희가 된다.
삶의 객관적 상황은 비관적이지만 주체는 낙천성을 발휘함
으로써 '공기 인형'이 될 수 있는 것이다. 시적 화자에게 봄
은 외부의 풍경이 아니라, 그 자신 스스로가 계절이 되는
'주체 되기'를 통해 이미 당도해 있는 '마음의 현실'이다.

그래서 시인은 다음 시에서처럼 골목의 배회가 그 자체
로 '미래'를 담지하고 있다는 사실을 알게 된다.

나는 미래의 의지로 오늘을 요청하게 되었다

골목은 후회를 기르고
골목은 진동한다

앞을 보면서 점들을 연결할 수는 없다
눈송이 몇 개로 여름을 고쳐 놓을 순 없다
이동하는 좌표에서

폭설을 알게 될 것이다
오늘은 잊고 훗날은 있겠지,

—「눈사람」에서

눈사람을 굴리는 폭설의 골목이다. 골목은 다음 골목을 알 수 없는 막막한 공간이기도 하다. 폭설은 "앞을 보면서 점들을 연결할 수는 없"는 상황처럼 심각하다. 이 상황에서 봄을 어떻게 전망할 수 있을까. 그러나 '눈을 굴리는 사람'은 이미 그 자신이 '눈사람'이다. 맞바람을 끌어안음으로써 그 자신이 '공기 인형'이 되는 것과 마찬가지다. 눈 속에 묻힌 풍경의 한 오브제가 아니라 눈 내리는 풍경을 직시하고 있다는 점에서 그는 '눈을 뜨고 있는 사람'이다. 그는 대상이 아니라 주체다. 앞을 보며 점들을 연결할 수 없다는 사실은 객관적으로 주어진 상황이지만, 그럼에도 불구하고 눈 굴리는 일을 의지함으로써 그는 희망을 굴린다. 희망은 명사형이 아니라 나의 주체 되기 과정과 연동하는 동사형이다. 폭설 속에서 의지의 주체가 된 나 자신이 사실은 이미 희망의 표상이다. 골목의 진동은 그렇게 폭설 속에서 봄을 향해 나아가는 '눈(뜬)사람'의 운동이다. 보는 자, 견자(見者), 시인(視人)의 이 묵묵한 자기 진술을 통해 이 텍스트는 저절로 시인(詩人)의 문장이 된다. "나는 미래의 의지로 오늘을 요청하게 되었다"는 시적 진술은 그렇게 탄생한 말이다. "훗날"을 믿는 자는 이미 훗날에 사는 자다. 현재에 이미 미래가 당도해 있으므로, 현재는 미래의 서사를 완성하는 필연적 도정이다. 시는 미래에서 온 말이다. 시인은 지금 여기에서 미래의 말을 미리 하는 자다. 미래의 말은 어딘가에 명사형으로 놓여 있는 것이 아니라, '눈(뜬)사람'의 발화 자체가 미래를 부르는 수행적 언어, 동사적 실천이다. 눈을 굴리는 사람, 눈(뜬)사람, 시인(視人)만이 시인(詩人)이다.

너머의 철봉 넘기

시의 특성상 이 겨울의 시간을 특정 시간에 묶어 놓고 이야기할 수는 없겠지만, 이 시집에 실린 대부분의 시가 쓰인 시기를 감안할 때, 한국 사회의 정치적 상황과 시를 분리하여 말하는 것이 오히려 자연스럽지 않은 일일 것이다. 시집 전체에 깊게 드리운 시적 화자의 조울증은 "울음이 사람을 넘고 있"고 "슬픔은 매번 오늘"이며(「기록」) "광장이 사라진"(「민무늬 시간」) 한 시대의 표정이기도 하다. 시집은 곳곳에 "내가 진행하는 방송의 멘트"를(「저절로 하루」)

하는 시적 화자의 직업적 에피소드를 인상적으로 기록하고 있다. 그것은 개인의 기록을 넘어서 한 시대가 공분했던 공적 기록 같은 인상을 주기도 한다.

> 사건과 소식은 각자 멀었다
> 뉴스를 하다 음소거된 나를 듣기도 했다
> 첼란처럼 자기 언어를 증오했지만 나는 무사했다
> 그 봄엔 손가락으로 탕탕탕. 쏘는 놀이를 했지만
> 누구를 겨눌지 혼곤했다 적(敵)이 많은 슬픔
> 슬픔.슬픔.슬픔. 씹히고 닳힌 말이 아무데나 굴러다녔다
>
> ─「기록」에서

  뉴스에서 시민적 공유의 대상이자 공동체의 중대 "사건"은 "소식"으로 다루어지지 못한다. 반면 단순 정보는 '사건'으로 둔갑해서 뉴스 데스크에 오른다. "사건과 소식은 각자 멀었다". 의미의 차이와 경중이 구별되지 않는 뉴스 데스크에서 모든 소식은 실체 없는 풍문이 된다. 의미의 높낮이가 없는, 의미가 소거된 풍문을 전달하는 아나운서는 "음소거된" 존재와 다르지 않다. 끔찍한 정치적 지옥에서 가까스로 몸을 보존했지만 진실을 보존하는 언어에 닿을 수는 없어 결국 자살한 수용소의 시인 첼란처럼, 뉴스를 전하는 아나운서라는 직업을 가진 시적 화자는 자기 언어를 경멸한다. 하지만 첼란처럼, 시인처럼 죽을 수는 없었

다. 비극적 드라마의 주인공도 되지 못하는 이 상황은 그래서 시대의 모멸감을 주체 자신의 환멸로 덮어씌운다. 말이 억압된 상황에서 환멸을 느끼는 시인과 아나운서는 각자의 시대를 비슷한 부조리로 체험한다. 그러나 모두 드라마의 주인공이 되지는 못한다. 이러한 정치적 상황에서 시대의 '적'은 비교적 분명하지만, 결국 그 환멸은 억압 속에서도 무사한 나에게 되돌아온다. "아무도 믿지 않았"던 시절(「답과 문」) "누구를 겨눌지 혼곤"한 "적(敵)이 많은 슬픔"의 대상에는 시적 화자 자신도 속해 있다.

> 마지막 뉴스가 끝나면 한쪽 귀를 접습니다
> 뜨거운 수증기로 얼굴을 지웁니다
> 세수를 하면 자꾸 엄지손가락이 귀에 걸립니다
>
> 나는 조금만 잘 지냅니다
>
> 검은 양복을 차려 입을 때만 나를 믿는 사람들은
> 각자의 TV 속에 손을 넣고
> 실을 뽑아 나누어 가집니다
>
> ──「앵커」에서

시인이면서 아나운서이기도 한 시적 화자의 독특한 시대 체험은 그래서 개인적 환멸의 체험만으로도 지난 한 시대의 민낯을 기록하는 다큐멘터리적 효과를 자아낸다. 주체의 의지가 철저히 무력화되는 제도적 자리에서 그는 진정한 뉴스를 공유할 수는 없으므로, 본인의 목소리로 타고 나간 뉴스에 "귀를 접"고 "뜨거운 수증기로 얼굴을 지"우는 자기 부정의 행위를 반복할 수밖에 없다. 나는 그 자리에서 가까스로 생활인의 목숨을 보존하고 있지만, 실은 "조금만 잘 지"내고 있다. 그것은 균열 속에서 가까스로 깨어지지 않고 유지되는 백자의 견인주의를 닮았다. 그러나 다시 생각해 보면 이 부끄러움에 대한 각성의 반복과 그것에 대한 자의식을 담은 정직한 말의 기록 자체가 시 쓰기가 될 수 있다. 그 자의식 자체가 생생한 현실의 기록이자 "아까와는 다른 시간"(김수영, 「꽃잎2」)에 대한 열망을 담고 있기 때문이다. 시인은 이미 폭설 속 공중의 어딘가에서 만개한 벚꽃을 보고 있다. 그때는 그의 귀도 더 이상 접히지 않을 것이다. 이런 점에서 이상협의 첫 시집을 읽는 독자들이 어느 대목에서 문득 윤동주의 부끄러움이나 기형도의 우울이나 김수영의 자의식을 연상하게 된다 하여 이상할 이유가 없다. 시인은 "너머의 내가 철봉을 넘을 때/말아 쥔 손바닥에서 이편의 나는 피 냄새를 맡는다"(「너머」)고 쓴다. '너머'를 열망하는 철봉 넘기를 할 때 성실한 주체에게 현실의 피 냄새는 불가피하다. "연필을 꼭 쥐면 어둠이 짙어"지지만(「레의 여름」) 이것이 곧 시 쓰기이며, 시인의 처소도 바로 이 자리에 있다.

내게 소리가 많은 것은
마음이 다른 몸을 얻으려

귤나무가 귤을 뒤척인다
소리를 다듬어 사방을 키운다

바닷소리 들리는 집에 아이가 자고
아이는 낮 동안 귤나무와 오래 놀아 귤의 물성으로 뒤척이
는데

(……)

다 자란 아이가 자기로부터 넘쳐 일어나 이야기를 시작한
다 이건 아주 사소한 이동일 뿐이야 나의 통로인 당신보다 오
래 머문 곳에서 나는 태풍의 일부로 살았다

바람과 구름의 곤죽을 뚫고 은빛 비행기
또렷한 탯줄을 달고 날아간다
이런 통로는 몇 년도인가
내려앉는 소리는 어떤 음으로 기록하는가
　　　　　　　　　　　—「유전 — 선우에게」에서

시인은 잠들어 있는 자기 아이의 뒤척임을 보면서 섬나

라 귤나무 귤의 뒤척임을 생각한다. 나무의 열매가 뒤척이듯이 자기라는 나무의 열매인 아이가 뒤척인다. 그는 아이를 그 자신 안에 담긴 마음의 소리의 증거이자 결과라고 생각한다. 아이가 된, 탯줄을 달고 날아간 이 뒤척임의 유전이 단지 한 인간적 개체의 생물학적 연장만은 아닐 것이다. 시인의 유전은 손바닥에 피 냄새를 맡으면서도 지속하는 철봉 넘기가 향하는 '너머'로 간다. 폭설에 골목에서 눈을 굴리며 스스로 눈사람이 되려는 사람은 무엇을 보려 했던가. 그가 보고 싶던 봄의 개화, 마음이 얻으려 했던 몸은 무엇이던가. "바람과 구름의 곤죽을 뚫고 은빛 비행기"가 날아가는 그곳에 시인의 마음도 있다. 그 마음은 '금 간 서쪽 무늬'(「백자의 숲」)를 지닌 겨울 백자가 견디며 희망하던 계절을 향해 있다. 하지만 '유전'은 동일한 것의 지속이 아니던가. 미래의 계절에 "다 자란 아이가 자기로부터 넘쳐 일어나 이야기"는 이 시집에 이미 도래해 있다.

지은이   **이상협**
1974년 서울에서 태어났다.
2012년《현대문학》신인 추천으로 등단했다.

사람은 모두 울고 난 얼굴

1판 1쇄 펴냄 2018년 4월 27일
1판 2쇄 펴냄 2018년 6월 28일

지은이 이상협
발행인 박근섭, 박상준
펴낸곳 (주)민음사

출판등록 1966. 5.19. (제16-490호)
서울특별시 강남구 도산대로1길 62(신사동)
강남출판문화센터 5층 (06027)
대표전화 515-2000 / 팩시밀리 515-2007
www.minumsa.com

ISBN 978-89-374-0867-0 04810
　　　978-89-374-0802-1 (세트)

민음의 시
목록